KB267593

해리엇 지퍼트 글

해리엇 지퍼트는 미국에서 태어나 자랐습니다. 초등학교 교사와 교육과정 개발자를 거쳐
어린이 독자를 위한 책을 쓰는 작가가 되었답니다. 저서로는 《안나의 빨간 외투》,
《졸린 개》, 《무슨 색이 될까?》 등이 있습니다.

에밀리 볼람 그림

에밀리 볼람은 영국 브라이턴 대학에서 미술을 공부한 뒤 그림책 일러스트레이터로
활동하며 많은 그림을 그렸습니다. 주요 작품으로 《무슨 색이 될까?》, 《많이! 많이!》,
《행복한 집》 등이 있습니다.

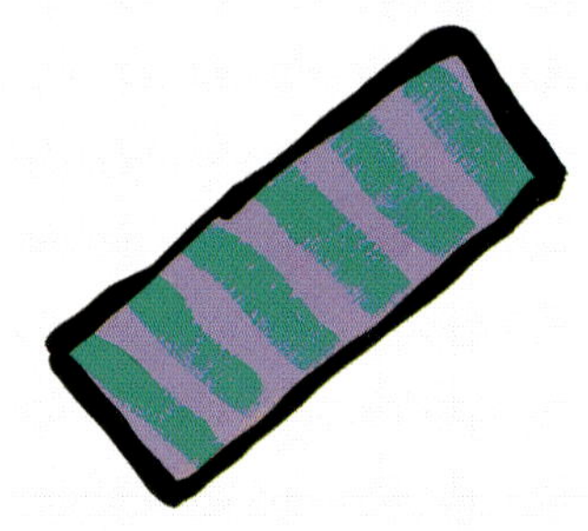

꼬마 당나귀 버찌 ❸

혹이 났어요

1판 1쇄 2013년 12월 20일

지은이 해리엇 지퍼트 그린이 에밀리 볼람
펴낸이 정연금 펴낸곳 멘토르
책임편집 이수정 기획 김미숙, 강지예, 조원선, 안소영
마케팅 나길훈 경영지원 안정배, 우은지
등록 2004년 12월 30일 제302-2004-00081호
주소 서울시 마포구 동교동 198-5번지 신흥빌딩 3층
전화 02-706-0911 팩스 02-706-0913 홈페이지 www.mentorbook.co.kr
ISBN 978-89-6305-667-8 (14840)

혹이 났어요

해리엇 지퍼트 지음 · 에밀리 볼람 그림

버찌의 이마에 혹이 났어요.
그만 쾅하고 부딪혔거든요.
버찌는 눈이 빨개지도록 울고
또 울었어요.

아빠가 말해요.
"버찌야, 먼저 비누로 깨끗이 씻자.
그러고 나서 반창고를 붙이는 거야.
보라색과 파란색 중에 하나를 고르렴."

엄마가 이마를 닦아 주자
버찌가 말해요. "아파요."

엄마가 이마를 톡톡 두드리자
버찌가 비명을 질러요. "아파요!"

버찌가 반창고를 골랐어요.
누나는 반창고를 붙여 주어요.

아빠는 빨리 나으라고 주문을 속삭여요.
"버찌 혹아, 들어가라."

버찌가 곰돌이를 찾아요.
버찌는 반창고도 필요해요.

버찌가 반창고를 붙여 주어요.
곰돌이는 이제 말짱해졌어요.

버찌는 주스를 홀짝이며
빵도 조금 먹어요.

그리고 나서 곰돌이를
이마에 가져다 대요.

"내 혹을 보고 싶어요.
지금 볼래요."

아빠가 거울을 보여 주자
버찌가 속삭여요. "우와!"

"다 나았어!" 버찌가 말하자
"그럼 같이 놀자." 누나가 말해요.

버찌는 곰돌이를 꼬옥 안고는
말해요. "좋아!"